JN246377

おしごとのおはなし　新聞記者

新聞記者は、せいぎの味方？

みうらかれん 作
宮尾和孝 絵

講談社

「ぼくのゆめは、新聞記者です。記者になって、将来、真実をつたえる正義のための仕事をしたいと思います。」

黒板のまえに立った徳永くんが、そういって頭をさげると、みんなが大きなはくしゅをした。

てれたような顔で、くいっとメガネをおしあげる徳永仁志くんは、この三年二組で、いちばん頭がいい。しかも、顔もわりとかっこいい。たぶん、クラスで三番目くらい。発表の内容もしっかりしていて、声もはきはきしていて、先生もクラスのみんなも、「さすが徳永だ。」ってほめまくっている。

でも、このぼく、堀江誠だけはちがう。ぼくは、発表をききながら、ずっと、「わかってないな。」と思っていた。だって、ぼくはいやってくらい知ってる。徳永くんのゆめである「新聞記者」が、そんなにいい仕事じゃないってこと。

そうじがんばろう週間です。
1 ろうか まど 水道
2 教室 床 机 イス
3 ベランダ まど こくばん

ぼくのパパは、新聞記者だ。

でもぼくは、まだ子どもだから、一度もパパの書いた新聞記事を読んだことがない。ぼくが朝、新聞をひらいたときにみるのは、いつだって、四コママンガと今日の天気と、テレビ番組の表だけ。

だけど、いつか大人になったら、ぼくもパパの書いた記事を読むんだろうなってなんとなく思っていたし、パパが新聞記者だっていうのは、ずっとぼくのじまんだった。

ママは、ときどきぼくに、「パパが記者だって、あんまり人にはいわないのよ。」といっていたけど、それは、みんながうらやましがるからだと思っていた。

だけど、何か月かまえ、家でテレビを
つけたら、アニメがはじまるまえに、
ニュース番組をやっていた。
ニュースでいってることは
むずかしくて、ぼくには
よくわからなかったけど、
画面のなかで、どこかのおじさんが
泣いていた。たくさんの人が、
泣いているおじさんに、
マイクやカメラをむけている。
おじさんがなんで泣いているのかは、

よくわからない。もしかしたら、おじさんは、わるいことをした人だったのかもしれない。

でも、もしもぼくがこのおじさんだったら、泣いているのに、こんなふうに写真をとられたり、いっぱい質問されたりしたら、すごくこわいし、かなしいだろうな、と思った。

「この、マイクとかカメラの人たち、マスコミっていうんでしょ？　ひどいね。このおじさんがかわいそうだよ！」

テレビを指さして、思わずぼくがそういうと、そうじをしていたママがあっさりいった。

「まぁ、うちのパパもマスコミの人だけどね。」

「……え？」

そのとき、ぼくはやっと気づいた。

新聞とか雑誌とかテレビとか、情報をつたえる仕事を、ぜんぶまとめて、「マスコミ」とよぶ。だから、新聞記者だって、もちろん、マスコミの仕事だ。

でもぼくはなぜか、ずっとそれに気づいていなかった。

物知りで、力持ちで、つよくてやさしい大好きなぼくのパパは、ぼくが今、「ひどい」と思った人たちと、同じ仕事をしている――だれかを傷つける、悪者の仕事をしている。

それを知ってから、ぼくは、パパの仕事をあまりじまんだと思えなくなった。

だからぼくは、徳永くんが「記者になりたい。」って発表したとき、「あんな仕事がしたいなんて、へんなの。」と思った。徳永くんはせっかく頭がいいんだから、『記者』じゃなくて、一文字ちがいの『医者』になればいいのに。

だれにもいわなかったけど、こっそり、そう思っていた。

ところが、ある金曜日の
お昼休み、徳永くんがとつぜん、
ぼくにはなしかけてきた。
「堀江くん！
堀江くんのお父さんって、
新聞記者なの⁉」
「えっ？　なんで
そんなこと知ってるの？」
「さっき、みんなが
教えてくれたんだ！
『たしか堀江の父ちゃん、

新聞記者だぜ。』って。」

「あいつら、おしゃべりだなぁ……。」

「みんな、よく堀江くんがじまんしてたっていってたけど。」

……あれ？　おしゃべりなのは、ぼくだったみたいだ。

「まぁ、パパが記者なのはほんとうだけど。」

「うわぁ、すごい！　いいなぁ！」

「……そうかなぁ？」

ぼくはぼそっとそういったけど、目をキラキラさせている徳永くんは、ぜんぜんきいていないみたいだった。

「じつは今、ぼく、教室にはる学級新聞をつくってるんだ！　堀江くんもいっしょにつくらない!?」

「えっ？　……いや、ぼくはべつに新聞とか好きじゃないし。」

　ぼくがそうこたえると、徳永くんは
「えぇっ!?　もったいない！」

とおどろいた顔をした。

　でも、おどろいたのは、ぼくのほうだ。新聞が好きだなんて、へんなの。

「徳永くん、新聞なんか読むの？」

「子ども新聞は毎日ちゃんと読んでるし、ふつうの新聞も、ぜんぶじゃないけどちょっと読んでるよ。わからないところは、中学生のお兄ちゃんに教えてもらうんだ。」

へえ。徳永くんのお兄ちゃんなら、きっと徳永くんみたいに頭がいいんだろうな。

「堀江くん、ぼくといっしょに最高の新聞をつくろうよ！」

「……やだよ。つまんなそうだし。」

わざとつめたい声でそういってやった。でも、徳永くんは、まったく気にしていない。ぼくのつくえに体をはんぶんくらいのせて、ぐいぐいぼくに顔をちかづけてくる。

「じゃあ、せめて、ぼくが今つくってる学級新聞を、きみのお父さんにみせてくれない？　プロのアドバイスがほしいんだ！」

「え、で、でも、パパはいそがしいから……。」

「たのむよ！　なんでもするからさぁ！」

そこまでいわれると、ことわりにくいなぁ。

なんでも、かぁ……。

「じゃあ、算数の宿題、みせ――」

て、なんていったら、徳永くんにも先生にもおこられそうだな。

「……教えてくれる？」

ぼくがそういいなおすと、徳永くんは「えぇっ！」とまたおおげさにおどろいた。

「そんなかんたんなことでいいの!?」

……ちぇっ、これだから頭のいいやつは。

徳永くんにとっては
かんたんな宿題も、
ぼくにはむずかしいんだよ。

のこりの休み時間に「この式がこうなるから、こたえはこうだよ。」と、ぼくにあっさり宿題を教えた徳永くんは、放課後、ニコニコしながら、ぼくのそばにやってきた。

「これ、堀江くんもぜひ読んでみて！」

わたされたのは、手書きの文字がびっしり書かれた紙。

まっさきに目にとびこんできたのは、右上に大きく書かれた『徳永新聞』というタイトル。……わかりやすいな。

家に帰ったぼくは、徳永くんの新聞を読んでみた。

新聞のテーマは、「いじめ」。「いじめはいけない」という徳永くんのあつい思いが、きれいな字で紙いっぱいに書かれている。

いじめを撲滅しよう！

いじめというのは最低で、ぜったいにゆるされないことだ。ぼくは世界から、いじめがなくなることをいのっている。


……なんかかっこいいこと書くなぁ、徳永くん。「撲滅」なんて漢字、ぼくは読めないし、みたこともない。

ママにきいてみたら、これは「ぼくめつ」という字で、「完全になくす」っていう意味らしい。

「誠と同い年で、こんなことが書けるなんて、この徳永くんって子、かしこくてやさしい子なのねぇ。」

新聞を読みながら、ママがそうつぶやいた。

「たしかに頭はいいけど……、へんなやつだよ。」

ぼくがそういうと、ママはくすりと笑った。

「あら、そうなの？　でも、誠にこんなお友だちがいるって知ったら、きっとパパもよろこぶわ。」

「……そうかなぁ。パパ、そんなことに興味ないと思うけど。」

パパが帰ってくるのは、いつも真夜中だ。ぼくがおきている時間に帰ってくることは、ほとんどない。休みの日だって、なにか事件や事故があったら、家をとびだしていく。

今日も、何時に帰ってくるかわからないから、ぼくはパパのつくえの上に、徳永新聞とメモをおいておいた。

その日の夜、ベッドのなかであくびをしながら、ぼくはぼんやり考えた。

……パパは今、まだ仕事をしてるのかな。

徳永くんもいつか、こんな時間まで仕事をするのかな。

パパが朝、仕事に行く時間は、日によってバラバラだ。遠くに取材に行く日は、ぼくがおきるよりもはやく家を出ていくこともあるし、なにもないときは、ぼくが学校に行くころ、まだおなかを出してねむってたりもする。そんなときのパパは、だらーっとしていて、とてもかっこわるい。

土曜日の朝、学校が休みのぼくが、いつもよりおそめにおきてリビングに行ったら、だらしないパジャマ姿のパパが、あくびをしながら、ソファーでのびをしていた。

「ふぁあ……。おぉ、誠、おはよう。」

今日は、どっちかっていうと、かっこわるいほうの日だ。

「おはよう、パパ。昨日、つくえにおいといたやつ、みた？」

「ん？　……あぁ、学級新聞な。もちろん読んだよ。」

そういうパパの手元には、徳永新聞があった。読んだ、っていうか、まさに読んでいるところだったみたいだ。

「おまえの友だちが書いたんだってな。すばらしいじゃないか。文章もうまいし、三年生とは思えないよ。うちの会社の若い記者よりうまいんじゃないか？　ははは。」

パパはまるいおなかをゆらして、かるい感じで笑っている。

パパまで徳永くんばっかりほめて、ちょっとおもしろくない。

「……だって、徳永くん、頭いいもん。ぼくとちがって。」

「お？　誠、なにすねてるんだ。」

「べつに！」

にやっとするパパに、ぼくがちょっとイラッとしたとき、手元の新聞をみたパパが、ふっと、まじめな声でつぶやいた。

「……でも、『撲滅』っていう言葉は、『なくす』とか、わかりやすい言葉にかえたほうがいいかもしれないな。」

「えっ？　むずかしい言葉のほうが、かっこよくない？」

「でも、クラスのみんながわかる言葉じゃないと、せっかく文章にこめた気持ちが、みんなにつたわらないだろ？」

……そっか。たしかに、こんなむずかしい言葉、徳永くんしか知らないと思う。

「それから、徳永くんの気持ちだけじゃなくて、事実を入れると、もっとよくなるかな。」

「事実って、ほんとうにあった話ってこと？」

「そう。これは気持ちのこもったすばらしい文章だけど、新聞は、事実をつたえるものだ。新聞の文章には、自分ひとりの気持ちをこめすぎないことも大事なんだよ。」

ぼくがぽかんと口をあけていると、パパが大きな口をあけて「はっはっは。」と笑う。

「ごめんごめん。誠には、まだちょっとむずかしかったかな。」

パパの大きな手が、ぼくの頭にぽんとのっかった。なんだかくやしくて、ぼくはちょっとくちびるをとがらせる。

あぁ、そうだ。徳永くんに、もうひとつ、パパにきいてほしいって、たのまれたことがあるんだった。

「ねぇ、パパ。インタビューとか取材のコツってある?」

ぼくの問いかけに、パパは「うーん。」と考えこむ。

「そうだなぁ。人に話をきくまえに、きちんと下調べをしておくことかな。」

「あとで、どうせ話をきくのに？」

「いやいや、こっちがなにも知らないと、なにをきけばいいか、わからないだろ？」

「でも、先にいっぱい調べるなら、わざわざ行かなくていいじゃん。」

　だって、その場に行って取材しないとわからないことなんて、きっと、ほんのちょっとしかない。今はインターネットもあるし、わざわざ会いに行かなくても、メールとかテレビ電話とか、もっとうまいやりかたがあるはずだ。

だいたい、新聞なんて、せっかくくばられたって、次の日にはまた新しい新聞がくばられて、あっさり捨てられちゃうんだし。毎日毎日、朝早くから夜中まで、あんなにいそがしくしなくたっていいと思う。

「でもな、誠。たとえ、ほんのちょっとのことでも、そこに行かないとわからないことがあるんだよ。だからパパは、今日も取材に行くんだ。」

たった一日しか読まれない新聞の、小さな記事の、小さな四角のなかの、たった数行――そんなもののために、パパは今日も、きっと真夜中まで帰らない。

「こんにちは！　ぼく、誠くんの友だちの徳永仁志です！　おじゃまします！」

……徳永くんは、ほんとうにへんなやつだ。

せっかくだから、「ちゃんとパパに徳永新聞を読んでもらったよ。」って、はやく教えてあげようと思ったのがいけなかった。

パパが仕事に行ったあと、徳永くんの家に電話をかけたら、徳永くんは「じゃあ、今から行くよ！」なんていいだした。そして、電話から三十分もしないうちに、ほんとうに家まで遊びに来てしまった。そもそも、ぼくたち、友だちっていうほど、なかよしだっけ？

「行動がすばやいから、きっと徳永くんは記者にむいてるわね。」

気楽なママは、そんなことをいって笑っている。頭がよくて礼儀ただしい徳永くんを、ママはとても気に入ったようだ。

まぁ、来てしまったものはしかたない。

ふたりでリビングのソファーにすわると、さっそく、徳永くんが目をかがやかせて、ぼくにたずねてくる。

「お父さん、ぼくの新聞のこと、なんていってた⁉　どこをなおしたらいいかな⁉」

「えーっと、みんなにわかりやすい言葉をつかうのと……、気持ちじゃなくて、事実？を書いたほうがいいって……。」

文章(ぶんしょう)がじょうずだってほめてたことは、ちょっとくやしいから、まずはだまっておいた。というか、それをいうまえに、徳永(とくなが)くんがあまりにもしんけんな顔(かお)で、持(も)ってきたノートにメモをとりはじめたから、いえなくなった。

「……どうして徳永くんは、そこまで新聞づくりをがんばってるの？」

ぼくがなんとなくそうたずねると、徳永くんはすこしだまったあと、「笑わないでね。」といった。そして、まじめな顔になった。

「ぼくは、ぼくの記事で、いじめとか犯罪をなくしたいんだ。」

「……へ？」

もちろん、ぼくは笑わなかった。でも、おどろいた。だって、あまりにも大きな話だったから。

徳永くんは、ぽかんとしているぼくを、まっすぐにみつめていった。

「ぼくのお兄ちゃんは、小学五年生のときにいじめにあって、学校に行けなくなった。」

「……えっ？」

「はじめは、いじめっ子をつかまえる警察官になろうかなって思った。でも、もしも今、いじめっ子がつかまって反省したって、ずっとやられたほうの心の傷はのこるんだ。それだけじゃ、ダメなんだ。」

「う、うん……。」

「お兄ちゃんは、いじめっ子たちとはちがう中学校に行って、今はいじめられてないけど……、今もきっと苦しんでる。」

徳永くんは、下をむいて、ぐっとこぶしをにぎった。

「だからぼくは、いじめとか犯罪が、どれだけたいへんなことか、それがおこってしまうまえに、たくさんの人につたえたい。そういう正義の味方を、めざしたいと思ったんだ。」

力づよい声でそういった徳永くんをみて、ぼくは「徳永くんは、ほんとうにいいやつなんだな。」と思った。

でも、いいやつだからこそ——新聞記者になんか、ならないほうがいいと思った。

「……徳永くん。ほんとうに正義の味方になりたいなら、新聞記者になるのなんか、やめたほうがいいよ。」

「えっ？」

「みてみなよ。新聞記者が、みんなになんていわれてるか。」

ぼくは、つくえの上にあったママのタブレット端末で、「マスコミ」という言葉を検索してみせた。

海のようにひろいインターネットの世界は、たくさんの言葉であふれている。そのなかに、マスコミへのひどい言葉がたくさんならんでいた。

……ほらみろ。これが、みんなの気持ちだ。

ぼくだって、パパが新聞記者じゃなかったら――ううん、パパが新聞記者でも、同じようなことを思っていた。

『マスゴミ』という言葉の上にのったぼくの指が、すこしふるえていた。心のなかは、砂嵐がふいているみたいに、ざらざらしていた。

「これの、どこが正義の味方なんだよ！」

気づいたら、ぼくは、徳永くんに八つ当たりするみたいにさけんでいた。

「徳永くんは、いじめられてたお兄ちゃんに取材できるの!? 『いじめられて、どんな気持ちでしたか。』って！」

「えっ……？」

「だって、そうでしょ!? 事実って、そういうことじゃん！ 取材するって、そういうことじゃん！」

ぼくの言葉に、徳永くんが泣きそうな顔でだまりこんだ。

今まで徳永くんがお兄ちゃんに取材しなかった理由は、ぼくにだってわかっていた。だって、そんなことしたら、徳永くんのお兄ちゃんは、いやなことを思いだすかもしれない。いや、かもしれない、じゃなくて、きっと思いだす。だれよりもそのつらさを知っている徳永くんに、そんなこと、できるわけがない。

ぼくは今、ひどいことをいっているな、って、心のどこかではわかっていた。でも、もうとめられなかった。

「ほら、できないでしょ。できないなら、やめなよ。徳永くんがめざしてるのは、そういう仕事だよ――。」

人を傷つけて、人にきらわれる、悪者の仕事なんだよ。

おこっているわけでも、泣いているわけでもないのに、顔があつくてたまらない。

徳永くんは、下をむいてだまりこんでいる。

ぼくたちのあいだに、なんだかいやな空気が流れた――そのときだった。

「とうっ！」

そんな明るい声と、ばさっという音がして、いきなり、目のまえがくらくなった。鼻のおくに、ぶわっと、インクのにおいがひろがる。

うしろに立ったママが、ぼくの頭の上に、ひろげた新聞紙をかぶせてきたのだ。

「ちょっ、ママ、なにするの⁉」

ぼくが新聞紙をはねのけてふりかえると、目のまえでママがにっと笑っていた。

「ふたりが新聞のことをはなしてたから。なぁに、ケンカ？」

ぼくは、ふんと鼻を鳴らしてこたえる。

「べつに。ただ徳永くんに、新聞なんてくだらないよ、って教えてあげただけ。」

「あら。そんなことといったら、パパが泣いちゃうわよ。」

じょうだんっぽくいって、ママは、ぼくと徳永くんの顔をみつめる。そして、やわらかい声でいった。

「ねぇ、ふたりとも。みて。」

ママがそういって、そっと指さしたのは、新聞のすみっこに書いてある日付だった。

「新聞ってね、休刊日以外は、毎日新しいものがつくられてるの。誠たちやママが生まれるよりずっとまえから。だか

ら、自分の生まれた日の新聞を読めば、そのとき、どんなお
天気で、どんなニュースがあったのか、ぜんぶわかるわ。」
　ママの言葉に、徳永くんが
なんどもうなずいている。

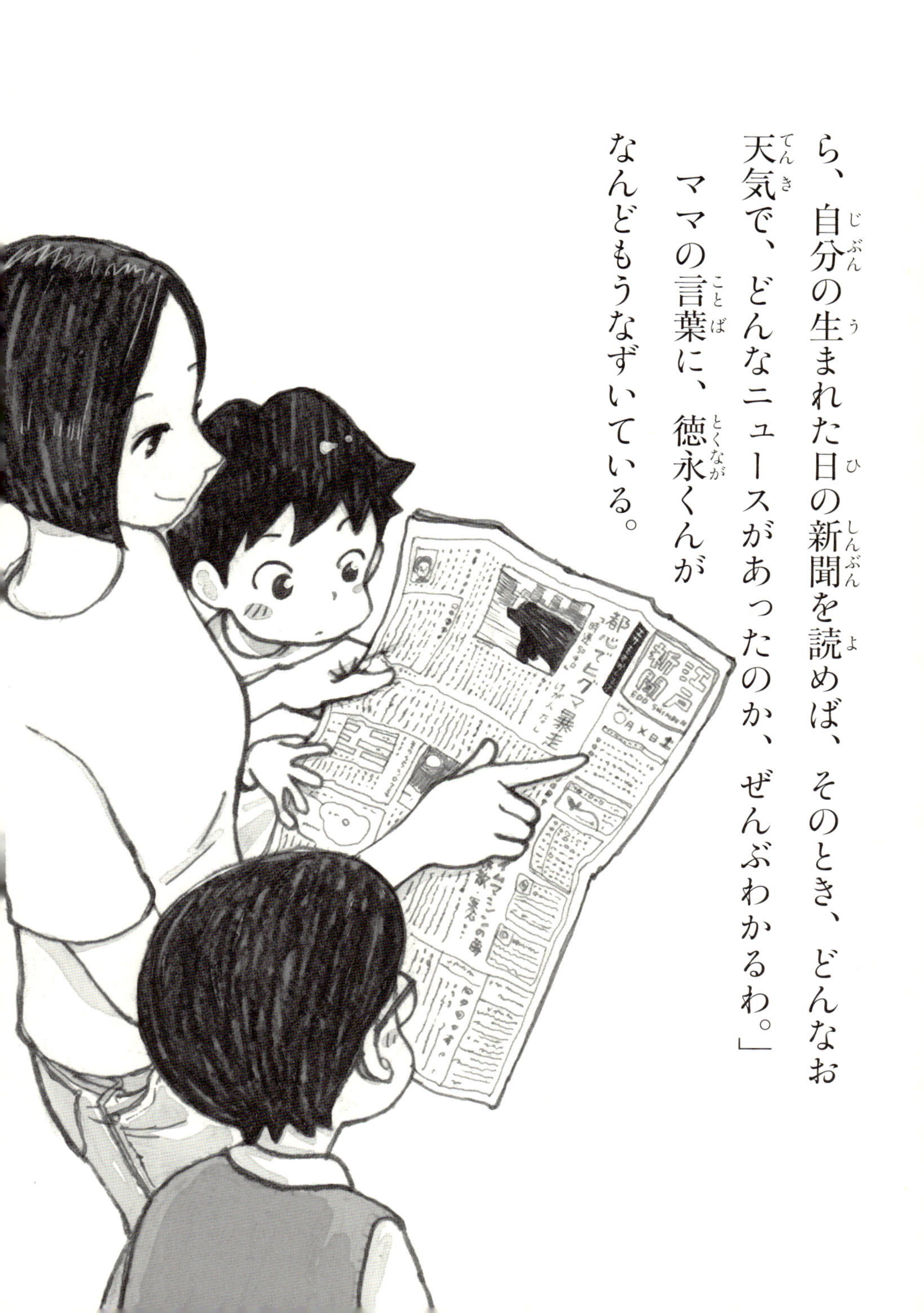

「はい！　新聞は、毎日、正義のために――。」

「でも、記者はべつに正義の味方じゃない。」

ママが、徳永くんの言葉のとちゅうで、あっさりそういったから、徳永くんが「えっ。」と目をまるくした。

「事件や災害、かなしいできごとも取材して、記事にして。それでお金をもらって、生活してる。記者とその家族の生活が、だれかのかなしみのうえにあることを、わすれちゃいけないと、わたしは思う。」

ママは、手に持った新聞をひろげて、しずかにそういった。

徳永くんが、ショックをうけた顔をしている。ぼくも、ママにそういわれると、胸がぎゅうっといたくなった。

でも、ママはそのあと、ふふっと笑(わら)った。

「だけどね、パパはきっと、誠(まこと)や徳永(とくなが)くんが生(い)きる明日(あした)のために、傷(きず)つけたり、傷(きず)ついたりしながら、今日(きょう)とたたかってる。パパのペンは剣(けん)なのよ。」

ママのいったことは、ぼくにはちょっとむずかしすぎた。

だけど、徳永(とくなが)くんは、ママの話(はなし)をききながら、かたく、ぎゅうっとえんぴつをにぎりしめていた。

その日の夜、ふだんだったら、もうねている時間。でも、なんどもあくびをしながら、ぼくはずっとおきていた。ママも、今日だけは夜ふかしをゆるしてくれた。

カチ、コチ、と時計の針が音をたてる。まじめな顔で帰っていった徳永くんは、今ごろ、なにをしてるだろう。時計をみながら、ずっと、そんなことを考えていた。

夜の十一時半をすぎたころ、やっとパパが帰ってきた。

「なんだ、誠。まだおきてたのか。明日が日曜日だからって、ダメだぞ。はやくねろよ。」

パパこそ、はたらいてばっかりじゃなくて、はやくねなよ。頭のなかだけで、そういった。

パパがカバンをおいて、リビングのソファーにどかっとすわる。ぼくは、パパがテレビのリモコンに手をのばすまえに、パパの真っ正面に立った。

「こら、誠。そこに立ったら、テレビがみえない——。」

「パパの仕事は、悪者の仕事なの？」

ぼくがそういったら、パパが目をまるくした。パパは、しばらくふしぎそうな顔をしていたけど、ぼくが目をそらさずにじっとパパの顔をみていたら、しんけんな顔になった。

「……たしかに、ぼくらマスコミの仕事は、あまり人に好かれる仕事ではないね。悪者といえば、悪者かもしれない。」

やっぱりそうなんだ……。

「ママがね、パパのペンは剣だっていってたんだ。あれって、どういう意味？」

ぼくがそうたずねると、パパはすこし考えて、ゆっくりいった。

「そうだな……。たとえば、学級新聞に大きく『誠がいじめっ子のAくんをやっつけました。』って書かれたら、どうなると思う？」

「え？　えーっと、ほめられる……？」

「そうだな。じゃあもし、『誠がAくんにケガをさせました。』って書かれたら？」

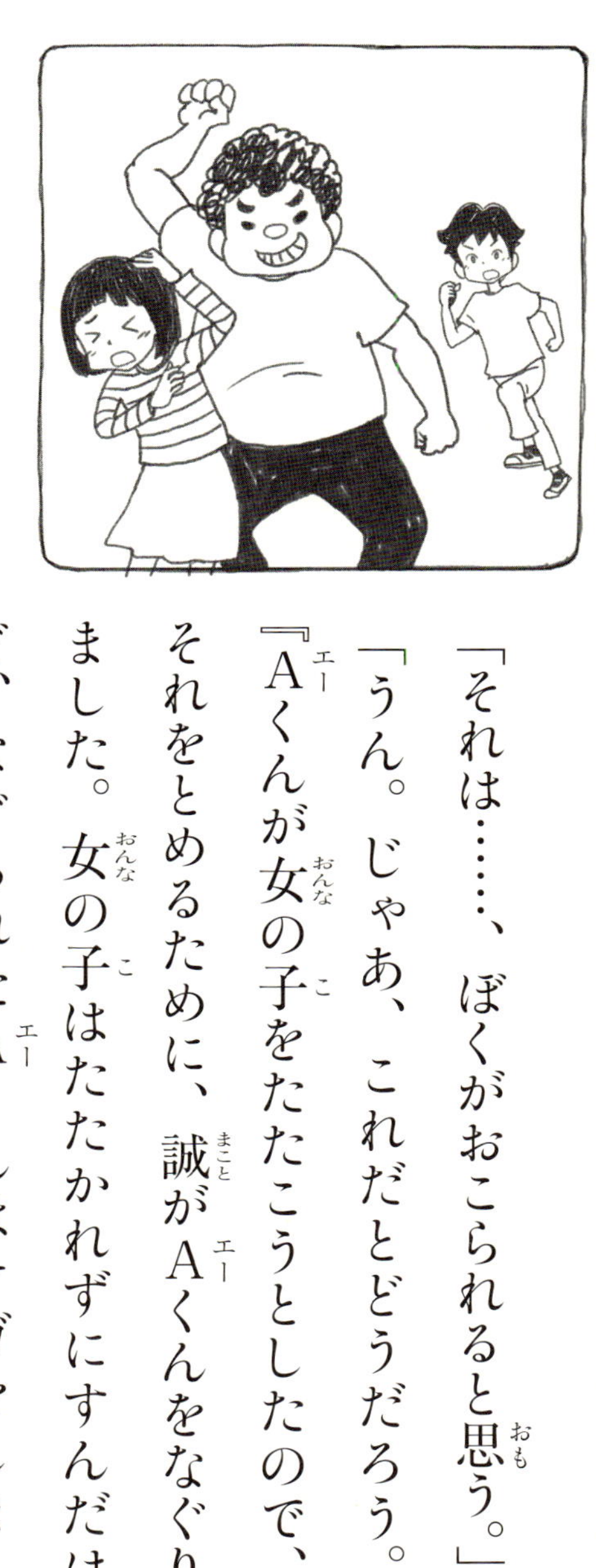

「それは……、ぼくがおこられると思う。」

「うん。じゃあ、これだとどうだろう。

『Aくんが女の子をたたこうとしたので、それをとめるために、誠がAくんをなぐりました。女の子はたたかれずにすんだけど、なぐられたAくんはケガをしました。』」

「それだと……、うーん。」

女の子をたたこうとしたAくんもわるいけど、いちばんわるいのは、人にケガをさせたぼくな気もする。

ぼくがまよっていると、パパは小さく笑っていった。

「同じできごとでも、書きかたによって、ぜんぜん感じることがちがうだろ。」

「うん。」

「だけど、その場面をみていない人は、書かれていることをしんじてしまう。マスコミは、言葉だけで、だれかをヒーローにも悪者にもできるんだ。」

そういわれて、ちょっとこわくなった。だって、学級新聞に書いてあることはクラスにひろまるだけだけど、ほんものの新聞に書いてあることは、日本じゅうにひろまってしまう。

「マスコミの言葉は、とても大きな力をもっている。ぼくたちの言葉は、じょうずにつかえば、たくさんの人に、大切なことをつたえられる。だけど、つかいかたをまちがえると、人をとてもふかく傷つけることにもなる。」

パパは、とてもしんけんな声でいった。

「そのつかいかたをまちがえた人を、パパは、たくさんみてきた。パパだって、まちがえそうになったことも――きっと、まちがえてしまったことも、あるんだと思う。」

ふっと、パパがかなしそうな顔をした。

「……じゃあ、記者なんかやめたらいいのに。」

ぼくが思わずつぶやくと、パパはやさしい声でいった。

「誠は、パパが記者でいやか？」
そういわれて、ぼくはだまりこむ。

いそがしいパパの携帯電話は、
真夜中だって鳴る。
大きな事件や事故があれば、
新聞にちょっとでも
新しい情報をのせるために、
どんな時間でも場所でも、
パパは出かけていく。

ぼくが生まれた日だって、
パパは仕事をしていた。
日付がかわってから、やっと
病院にかけつけたらしい。

正義の味方でもなければ、みんなに「ありがとう。」といわれる仕事でもない。

ぼくは、もうそれを知ってしまった。

じゃあ、パパが記者なんかじゃなかったらよかったのかな。ぼくは、パパの子どもじゃなかったらよかったのかな。

……ちがう。そうじゃない。

ぼくは首を横にふって、ふるえる声でいった。

「どうしてパパが、そんなたいへんで、きらわれるような仕事をしなきゃいけないの……？　だって、パパはやさしくて、つよくて……、悪者でも、ゴミでもないのに……、なのに、なんで⁉」

ぼくがいきなり、泣きそうな声でさけんだからか、パパはおどろいたような顔をした。でもパパは、すぐにいつものやさしい顔にもどって、ゆっくりといった。

「そうか。誠は、パパを心配してくれてたんだな。ありがとう。だけど、パパはつよいからだいじょうぶだよ。」

うそだ。どんなにつよくても、傷つかない人なんていない。どんなにつよいヒーローにみえる人も、どんなにひどい悪者にみえる人も、傷つくことはあると、ぼくは思う。

「だって、やさしい人も、がんばってる人もいるのに、パパは……、マスコミの人は、みんな、ゴミだなんていわれてもいいの……?」

だけどパパは、まよわずに、笑顔できっぱりとこたえた。

「それも、パパのお仕事だ。」

そういったパパは、一瞬、ほんとうに剣を持った戦士みたいにみえた。だからぼくも、ぎゅっと口をとじて、泣くのをがまんした。

パパは、ぼくの頭にぽんと手をのせて笑う。

「それにな、わるいことのほうが目立つけど、いいニュースだって毎日たくさんあるんだ。この国には、わるいことしかない日も、いいことしかない日もない。」

「……パパは、記者の仕事、好きなの？」

パパはしずかに、大きくうなずいた。

そのあと、パパは、ぼくがねむるまで、となりで、これまでやってきた仕事のことを、たくさんはなしてくれた。

「すごい台風の取材をしたときに、タクシーのドアが風でとんでいったんだ。あれはおどろいたし、こまったなぁ。」

苦笑いではなす、そんなエピソード。

「はなしだすととまらない人もいたし、無口でなかなかはなしてくれない人もいた。とても大事な思い出や、かなしいできごとをはなしてくれる人もいた。

いい取材ができると、その人の人生に、
すこし、よりそえたような気がするんだ。」
うれしそうにはなす、そんなエピソード。
「誠が生まれるまえ、地元であった大きな
地震のときには、会社にとまりこんで、毎日、
こわれた町を歩きまわった。目をふさぎたく
なるような場面も、たくさんみたよ。」
かみしめるようにはなす、
そんなエピソード。
ぼくの知らない、たくさんの世界。
パパが仕事でみてきた、たくさんの世界。

そして、最後にパパは、そっと教えてくれた。

「たくさんの人のよろこびやかなしみ、だれかのつよい気持ちが、ぼくたちのペンのインクになる。この仕事は、出会いをかさねる仕事だ。その出会いのすべてが、パパの宝物なんだよ――。」

……そっか。ぼくは、これからも、パパの仕事をほこりに思っていて、いいんだ。

ぼくね、パパが新聞記者で、よかったよ。

パパがぼくのパパで、よかったよ。

心のなかでそういって、ぼくはそっと目をとじた。

いじめをなくそう！

ぼくたち小学生にとって、いじめは大きな問題だ。今回、いじめられたことのあるAさんに、話をきいた。

――ぼくは小学生のとき、いじめにあって、学校に行けなくなりました。卒業式にも行けませんでした。中学生になったいまでも、ときどき、あのころを思いだして、くるしい気持ちになります。やったほうは、かるい気持ちで、もうぼくのことをわすれていると思うと、とてもくやしいです。

Aさんは、かなしそうに、そうはなしてくれた。国のしらべによると、日本でのいじめの数は、いまもふえているという。いじめをなくすために、ぼくたちになにができるだろう。

何日かして、教室のうしろの掲示板に、学級新聞がはりだされた。インタビューのあとには、先生にいじめについてインタビューしたこと、いじめをテーマにした絵本や本の紹介などが、小さな文字でたくさん書かれている。

新聞の名前は、『徳永新聞』から『太陽新聞』にかわった。

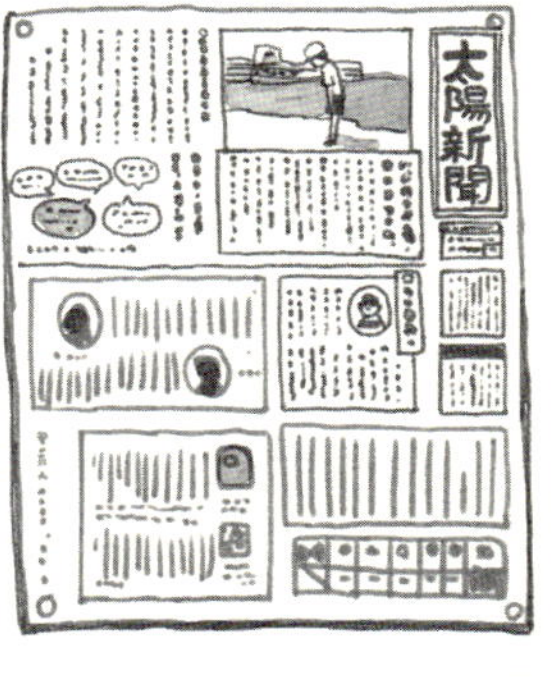

「どうして、新聞の名前、かえたの？」
休み時間、掲示板をみあげながら、
ぼくがそうたずねたら、
徳永くんは笑顔でこたえた。
「だって、ぼくだけで
つくったものじゃないから。」
「えっ？」
「お兄ちゃんに話をきけたのは、
堀江くんのおかげだよ。それに、
いじめをテーマにした絵本を
紹介するなんて、

ぼくひとりじゃあ、ぜったい思いつかなかったもん。」

「いや、あれは……、ぼくもむずかしい話はにがてだから。絵本なら、みんな図書室に行ったときに読みたくなるかなって思って。」

あれからぼくは、休み時間、徳永くんと図書室に行ったり、徳永くんの家に遊びに行ったりして、いっしょに新聞をつくった。徳永くんのお兄ちゃんにも会ったけど、頭がよさそうで、とてもやさしそうなお兄ちゃんだった。

「いじめのことをきいたら、お兄ちゃんはきっといやな思いをする、ってわかってたし、すごくこわかった。だけど……。」

徳永くんはそこで言葉をとめて、ぼくの顔をみる。

「堀江くん、ぼく、やっぱり将来、新聞記者になりたい。」

この小さな新聞には、徳永くんとぼくだけじゃなくて、いろんな人の気持ちが、たくさんつまっている。

この新聞は、たぶん「正義」じゃない。

でも、これを読んだ人が、「正義ってなんだろう。」って、ぼくたちといっしょに、いっぱい考えてくれたらいいなと思う。

「ぼく、徳永くんは、新聞記者になれると思うよ。」

ぼくが、さらっとそういうと、徳永くんは目をまるくしたあと、とてもうれしそうに笑った。ぼくもつられて、いっしょに笑った。

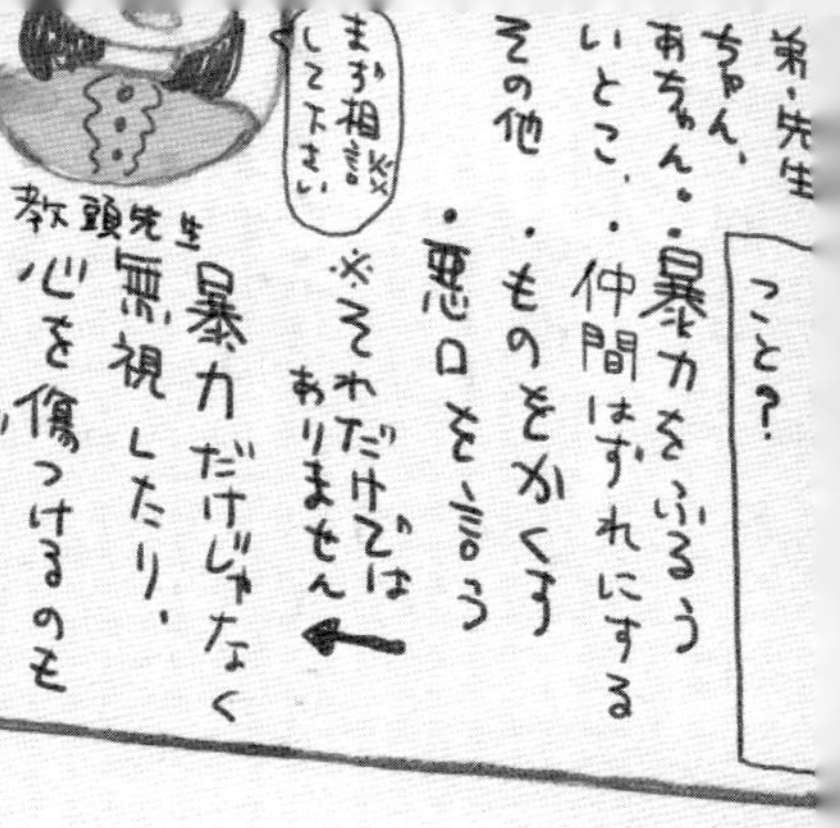

書いた人・徳永仁志・堀江誠

れて、「ゼッコーチョー」しだ。たのに、朝、登校したら、めちゃくちゃになっていた、ボクのねんど城。はんにんさがしのために、「6年2組たんてい社」を作って、そうさをはじめるが、ショックなコトが続いて・・・

★どの本も図書室にあります
ぜひ読んでみてね

あえる。助けなきゃ、と思ったのに声もでないし足も動かないボク。いったいどうしちゃったんだ。自分がだんだん石になってくみたい。そんなある日、ぼくらのクラスにイカツイ転校生がやってきて・・・

新聞のいちばん最後に書かれたぼくたちの名前が、窓からさしこむ日差しで、きらりと光ってみえた。

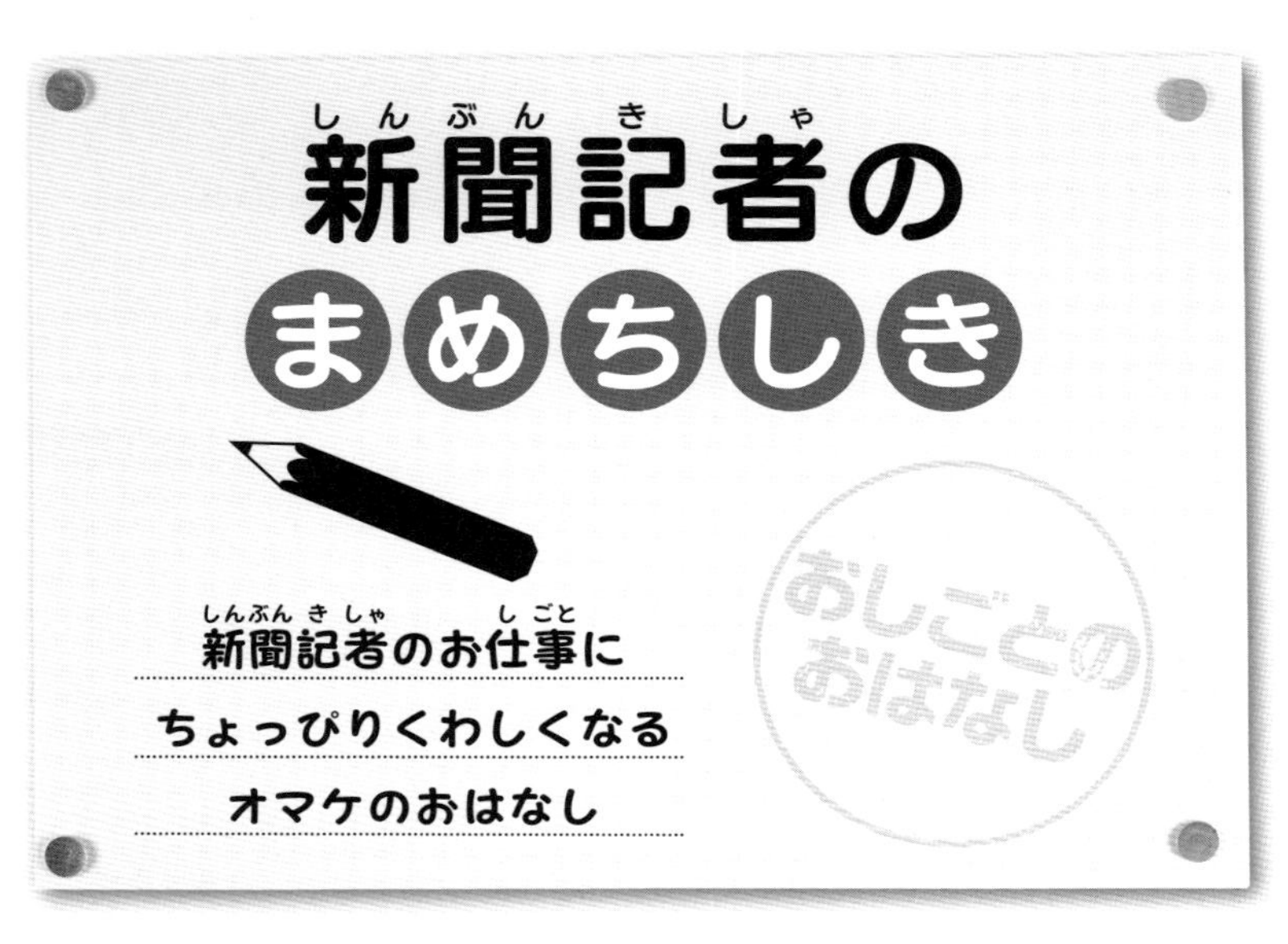

新聞をつくっているのはたくさんの記者たち

家に新聞があったら、パラパラとめくってみましょう。政治のこと、事件や事故のこと、外国でおこっていること、スポーツの結果、毎日のくらしのこと。いろいろな種類の情報が、びっしりとつまっていますね。

ひとつひとつの「記事」は、新聞記者が「取材」をして、わかったことをもとに書いています。世の中でおこっているいろいろなことを、文章や写真で、ひろく人々につたえる。それが、新聞記者の仕事です。

「太陽新聞」は徳永くんと誠が二人でつくりましたが、日本じゅうの人が読む全国紙ともなると、何百人もの記者が書いた記事があつまってできています。

報道
記者
記者
取材

どんな人がむいている？

新聞記者は、文章を書くのが仕事ですから、作文が上手な人がむいていそうですよね。

でも、じつはそれとおなじくらい大切なのが、「人の話を聞く」ということです。誠のお父さんも言っていたように、記者は、自分が思っていることを書けばいいわけではありません。たとえ初めて会う人からでも、しっかりと話を聞いて、その人の考えを知ったり、正しい情報をあつめることが大事なのです。

ときには、なかなか話を聞かせてくれない人もいるでしょう。また、情報を手に入れても、それがまちがっていないか、入念にチェックする必要があります。なので、ねばり強い性格の人も、記者にむいているでしょう。

「知りたい！」と「つたえたい！」

新聞だけでなく、テレビ、本、インターネットなど、多くの人に情報をつたえるものを「マス・メディア」といいます。そして、それを使って情報を発信することを、「マス・コミュニケーション（マスコミ）」といいます。

マスコミには、たとえば、えらい人がこっそり悪いことをしていたら、それをみんなにつたえる役目があります。また、災害などでつらい思いをしている人からも、話を聞かなければならないときもあります。なので、ときには、人にいやがられることもあるかもしれません。

それでも、「知りたい！」「つたえたい！」という思いを力にして、新聞記者は仕事をしているのです。

みうらかれん

1993年１月11日生まれ。兵庫県芦屋市出身。作家。大阪芸術大学文芸学科卒業。在学中の2011年に「夜明けの落語」で第52回講談社児童文学新人賞佳作を受賞し、デビューする。おもな作品に、『なんちゃってヒーロー』『おなやみ相談部』（ともに講談社）、「化け猫 落語」シリーズ（講談社青い鳥文庫）など。ノベライズ作品に、『小説 チア☆ダン』（角川つばさ文庫）がある。

宮尾和孝｜みやおかずたか

1978年東京都生まれ。イラストレーター。装画を手がけた作品に、「チーム」シリーズ（吉野万理子作、学研教育出版）、『The MANZAI』（あさのあつこ作、ポプラ文庫ピュアフル）、『パンプキン！　模擬原爆の夏』（令丈ヒロ子作）、『3人のパパとぼくたちの夏』（井上林子作）、『10月のおはなし　ハロウィンの犬』（村上しいこ作）、『どうくつをこねる糸川くん』（春間美幸作、以上、講談社）などがある。

ブックデザイン／脇田明日香
巻末コラム／編集部

おしごとのおはなし　新聞記者
新聞記者は、せいぎの味方？

2018年１月22日　第１刷発行

作　みうらかれん
絵　宮尾和孝
発行者　鈴木　哲
発行所　株式会社講談社
〒112-8001 東京都文京区音羽2-12-21
電話　編集 03-5395-3535　販売 03-5395-3625　業務 03-5395-3615
印刷所　株式会社精興社
製本所　島田製本株式会社

N.D.C.913 79p 22cm ©Karen Miura / Kazutaka Miyao 2018 Printed in Japan ISBN978-4-06-220900-7